空の絵本

あまんきみこ・文

松成真理子・絵

童心社

もくじ

1 ある日　ある時

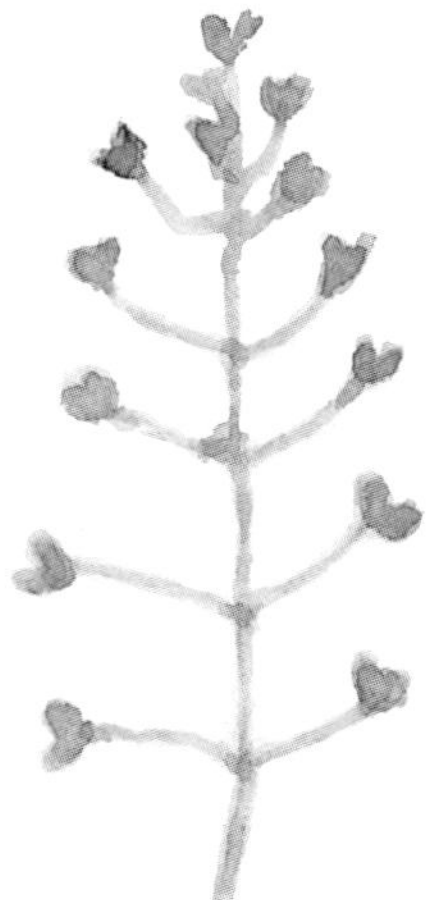

花を摘む

買い物にいく道で、赤紫の花を摘んでいる幼い女の子たちに会いました。

小さい空地です。一人は小学校低学年ぐらい、二人はまだ幼稚園生ぐらいの、三人でした。せっせと摘んでいるのは、カタバミの花。

このごろ、子どもたちが花を摘む風景にあまり出会わなかったので、ほっこり胸があたたまる気がして、足を止めました。

——コップに飾るのかな。それとも、ままごと料理にでもするのかな。

たずねたい気もしましたが、笑い声をくっくっとたてながら摘んでいる姿をそのままにしたくて、たちさりました。

＊

幼いころ、私も、よく花を摘みました。

どうして花をみると、あんなに胸がわくわくして摘みたくなったのでしょう。子どもの目線が、花に近いからでしょうか。

まさに、目の前に花は咲いていました。

花びらに涙のようにたまっている雫をみつけたとき、てんとう虫や蟻に出会ったとき、そして花にとまった蝶が細長い管を花芯にさしこむのをみつめたとき……あの喜び、あの心の高ぶりは、今も鮮やかに体内からよみがえってきます。

一年生になったばかりの春の朝、私は花を摘んで学校にいくことを忘れました。むかいの家のN子ちゃんといっしょでした。いつものように円形の広場の横を歩いているとき、濃紫の花が目にとびこんできたのです。

「わ、スミレ」「スミレが咲いてる」

一つを摘むと次の花がみえ、それを摘むと、また次がみえます。

「こっちにも」「ほら、こっちにも」学校に行くことに気づいたのは、濃紫の小さい花が、片手いっぱいになってからでした。

二人とも寝すぎたうさぎになって走りましたがとうに授業は始まっていました。N子ちゃんは二組、私は三組です。N子ちゃんは私に手をふって、さっと隣の教室に入ってしまったのに、私は教室のドアをあけることができませんでした。赤いランドセルを背負ったまま、濃紫の花束を握りしめて、私はドアの前に、じっと立ちつくしていました。

やがて鐘が鳴り、中からでてきた級友に囲まれてうつむいていると、

「さあ、早く入りなさい」

というO先生の穏やかな声がきこえました。そして優しいおじさんみたいな先生の顔をみあげたとたんに、堪《こら》えていた何かがぷっつり切れて、大声で泣いてしまいました。

「やあ、いっぱい摘んだねえ」

「早く、水につけなくちゃ」

「せんせーい。びん、ありますかあ」

そんな声が、がやがやして、誰かが水を入れたコップをもってきてくれました。それからその濃紫の花束は、少し晴れがましく教壇の机の上に飾られました。

先生も生徒も、優しかった思い出です。

幼いころ、好きな花は、野の花でした。庭の花ではありません。庭の美しい花は、どれも祖父が育てている「おじいさんの花」で、触れてはならない花でした。

触れてはならない花は、幼い者にとって、抱いて遊ぶことのできないガラスケースの中の飾り人形のようなものです。野の花は、抱き人形。幼い私が抱きしめて遊べるうれしくも親しい友達でした。

スミレ、タンポポ、キツネノボタン、キンポウゲ、白ツメ草、野アザミ、

ワレモコウ……そんな花を緑の間にみつけると、小さい私はあいさつしました。すると、どの花も必ずすきとおった声でこたえてくれました。

「おはよう」――「おはよう」

「こんにちは」――「こんにちは」

そのあと私は、なんのためらいもなく、その花を手折って、わがものにしました。ままごとに切り刻んだり、指輪を作ったり、潰して爪を染めたり、花かんむりにしたり、いろいろな遊びの中に、惜しげもなく野の花を使いました。

ほんの少し大きくなって、

「おはよう」――「おはよう」

「こんにちは」――「こんにちは」

の次に、

「さよなら」――「さよなら」

がいえるようになったのは、いつのころだったでしょうか。咲いている

野の花をわがものにすることをためらうようになることが、少女期にむかっての歩みだった気もします。

＊

買い物を終えての帰り、あの小さな空地には、もう誰もいませんでした。私が、三人の女の子たちの残像につられて中に入ると、まだ少しカタバミの花が残っています。

「まねっこ、まねっこ。やーい」

そんなかわいい笑い声に包まれる思いもしながら、私は、楽しい花摘みを久々にさせてもらいました。

天気予報

私は新聞で「天気予報」を読むのが好きです。自分が暮らしていることの京都の空も、もちろん気になりますが、かつての転勤族は、以前暮らした街の風景に、晴れや、雨や、曇りや、それに気温まで重ねて思うことは、なかなか楽しいものです。

この楽しさは、テレビとか、ラジオでは得られません。文字に目をむけているゆったりした時間だからこそもらえる気がします。天気予報をテレビでみたり、ラジオできいたりするときは、たいてい自分が住んでいる地を中心に、洗濯物のこととか、蒲団を干すこととか、買い物にいく時間などを、あれこれ忙しく思っているときが多いようです。

「朝焼けは雨、夕焼けは晴れ」「ウマがいななくと晴れ」「朝虹は雨、

夕虹は晴れ」「お月さまがかさをかぶると、次の日は雨」を「ネコが手をなめて顔をこすると晴れ」「ツバメがひくくとぶと雨」などは、子どものころ、なんとなく覚えてしまった天気予測の言葉です。このように並べてみると、それほど間違ってはいない気がします。どれも昔の人の経験の集積で生まれた言葉だからでしょう。

一月《ひとつき》ほど前、少し遠い地に行って、タクシーに乗ったおり、運転手さんがいいました。

「お客さん。夕方には、雨が降りますよ」

「え。こんなに晴れているのに?」

私はおどろいた声のまま、ききました。

「天気予報で、そういっていましたか?」

「いいえ。ほら、右側のむこうの高い山に、雲がかかっているでしょう。あの山に雲がかかると、雨が降るって、じいさんがいつもいってたもん

ですからね」

「まあ、運転手さんのおじいさんですか」

私は、運転をしている方の綺麗な白髪をうしろからみながら、たずねました。

「ええ。じいさんの天気予報は、よくあたりましてねえ、近所の人がわざわざ、ききにきたぐらいですよ。

じいさんは、毎朝起きると、すぐ外にでて、空をみるんです。そして雲や風のぐあいで、その日の天気をいいましたね。

子どもの私もいっしょに空をみてね、空をみるだけで天気をいいあてるなんて、じいさんって偉い人だなあって尊敬していましたよ」

運転手さんのあたたかい笑い声をきいているうち、空をみあげている老人と小さい男の子が、くっきり影絵のように浮かびました。

「それは、かけがえのない、いい時間でしたね」

そういったとき、私はどきっとしました。

天気予測をするため空をみあげるという、この原始的で豊かな時間を、自分が全く失っていることに気がついたからです。天気予報の恩恵に、それほど浸っているということでしょう。

「いいお話をありがとうございました」

目的地で車をおりてから見あげた空の青さの眩《まぶ》しかったこと、私は思わず目をとじてしまいました。

自転車をおりる

ついこの前、買い物の帰り道、近くの公園を歩いていると、幼稚園の紺の制服を着た女の子と若いお母さんに追いつきました。

二人は手をつなぎ、「どんぐりのうた」を大きな声でうたいながら歩いています。

――なんて楽しそうだこと。

微笑しながらその細い道の横を通りすぎると、声をかけられました。

ふりむくと、思いがけなく近所のAさんとY子ちゃんでした。

「気がつかなくてごめんなさい。きょうは、自転車じゃないんですか」

ほっそりとしたAさんが、白い自転車のうしろにY子ちゃんを乗せて、別の道をすいすい走っている姿を時折みかけていたのでした。

「ええ、自転車はやめたんですよ」

Aさんが明るい笑顔でこたえました。

もともとは一か月ほど前、片ひざを痛めて自転車に乗れなくなり、Y子ちゃんの送り迎えは杖つきで歩かれていたのだそうです。やっと普通に歩けるようになり、自転車にも乗れるようになったとき、Aさんはふいに気がついたそうです。歩いて送り迎えをした間、今までよりずっと多くの話をY子ちゃんとしていたということに。

「そりゃ、そうですよねえ」

Aさんはくくっと笑いました。

「自転車のうしろにY子を乗せて走っていれば、危なくて、話どころではなくってね……。もちろん家に帰ってからの会話はあるけれど、同じ方向をむいて歩き歩きのほうが、ずっといろんな話ができるんですよ。幼稚園のできごとや、お友達のこと。その上、家であったことまで……」

それでY子ちゃんの迎えは、自転車に乗らないことに決めたのだそう

です。

「おかげで、ほら、こうして公園の中では、自然の出会いがいっぱい。囀《さえず》りをきいて小鳥の姿も探せるし、草花もみられるし、紅葉もみられるし、どんぐりは拾えるし、拾ったことで、そこの大きな木は樫の木だとわかったし……」

うれしそうなその言葉をさえぎるように、Y子ちゃんの高いよび声がしました。

「ママ、ママ、きてよう。アリさんたちがひなんくんれんしてるよう」

道ばたにしゃがんでいるY子ちゃんの前に、アリの穴が三つ。黒いアリたちは、近づく冬への蓄えに忙しそうに穴から出たり入ったりしています。

Y子ちゃんのうしろにまわって、私たちものぞきこみました。

「きょう、幼稚園で避難訓練があったんですよ」

Aさんが小声で説明してくれました。私は大きくうなずいて、Y子ちゃ

んにいいました。

「アリさんもＹ子ちゃんたちとおんなじね。いざというときのために、訓練をしているんだ。やってる、やってる」

いつのまにか母子の豊かな世界に包みこまれて、にぎやかな会話を楽しみながら、その日は帰りました。

私は子どものときから、自転車に乗れません。自転車をすいすいこぐことに憧れているので、若いＡさんのあえて「自転車をおりる」話は、胸をつかれました。

きょうも、よく晴れています。

柱時計をみると、ちょうどこの前、二人に公園の道で会ったぐらいの時刻です。

ＡさんとＹ子ちゃんは、手をつないで歌をうたいながら歩いているでしょうか。それとも、なにか話しながら歩いているのでしょうか。

秋がくると

数年前、私のもとに一つの小包が届きました。大きさは百科事典ぐらい。大変軽いものでした。差出人には、北の町の小学校のクラス名が書かれていいます。

――ああ、あの子たちね。

すぐにわかりました。その少し前、クラスの子全員で書いた手紙が送られてきて、その返事をだしたばかりでしたから。

――なにかしら。

紐を解き、小包の紙をとると、古い菓子箱です。

――お菓子?

怪訝《けげん》な思いで蓋をあけた私は、「まあ」と高い声をあげました。

黄色や赤や朱色の葉っぱが、溢れるように畳にこぼれたからです。銀杏《いちょう》、楓、錦木《にしきぎ》、桂……その葉の中に一枚の便箋がたたんで入れてありました。担任の先生の手紙でした。

「お返事をありがとうございました。―略―今朝、私はびっくりしました。子どもたちが落葉をいっぱい拾って学校に来たのです。あまんさんが手紙に〝そちらの木の葉はもう赤や黄色になりましたか？　どんなでしょうね〟と書かれていたので、子どもどうし話し合って昨日落葉拾いをしてきたというのです。そしてあまんさんに送ってほしいというのです。葉っぱは綺麗なものばかりではありません。けれど一枚一枚、子どもたちが拾ったと思うと、みんなお送りしたくなりました。どうぞ北の小さい町の秋をあじわってください。―略」

何気なく書いた一行の言葉に、こんなすばらしい贈物を……、私は胸がいっぱいになりました。

箱の中の葉を手にとってながめ、手にとってながめ、一枚一枚重なら

ないように気をつけて、畳の上にひろげていきました。

　気がつくと、私は美しい落葉にとり囲まれて座っていました。

「まるで秋の林の中」

　そうつぶやいたとたん、くらっと眩暈《めまい》がしました。部屋は一瞬、秋の林にかわりました。そして遠くから子どもたちの弾んだ笑い声や話し声がきこえはじめました。


　秋がくると、私は、あのうれしい贈物とあの不思議な時間を思いだしてしまいます。北の町の木の葉は、もう散ってしまったことでしょう。

2 思いだすままに

あじみの手伝い

私は、子どものころ、台所が大好きでした。母親がたいていいいるし、また、そこは美味しい匂いに満ち、美味しいものが次々にできる不思議な場所でした。

私の家は七人家族で、そのうち台所で立ち働く人は、祖母、母、叔母二人と、合わせて四人もいました。ときには三人、ときには二人、ときには母だけの折もありましたが、料理をつくっている様子がいつも楽しそうにみえたので、一人っ子の私はその中に混じって手伝いたくてなりません。

「きみこもしたい。きみこにもさせて」

そんなことを何回もいったのでしょうか。そこでさせられたのは、い

つも「あじみの手伝い」でした。

「あじみって難しいのよ。誰でもできることではないの」

母がそういったので、幼い私は自分の舌が特別上等だと思っていました。思いこまされていたふしがあります……。

私が台所にいくと、母はまずすまし汁だの、お煮つけだのを白い小さい皿に少しだけ入れてくれました。

「味はどうかしら？」

真顔でそうきかれると全身がきゅっと引き締まる責任を感じ小皿を両手に持ち、中のものをゆっくりあじわいます。そして考え考え、「も少しおしょうゆをいれて」とか「おさとうがたりないみたい」などと大真面目にいったものでした。すると母は私の言葉に合わせて、ちゃんと醤油や砂糖を入れてから、

「あじみをしてもらって、本当に助かった。なによりのお手伝いよ」

などといって褒めてくれました。小さい私は、役に立ったことに満足し

て胸をはって自分の部屋にもどりました。

子どものころ、台所が好きだったように、私は今でも台所が好きです。上等ではない舌であじみをしながら、せっせと料理をつくっています。

ふりかえれば、このいかにも可笑しい「あじみの手伝い」は、母が残してくれた翳《かげ》りのない甘やかな思い出の一つです。

四十三歳で永眠した母に、幼い子どものあじみがどれほど役に立ったものやらたずねる術もありませんが、そう思いこんで過ごした時間の楽しさを、私は感謝せずにはいられません。

原風景

目をとじると、桃色れんげの花畑がみえます。その中で、若い母がしゃがんで、小さい私のために、れんげの花の花かんむりを編んでいます。私は、母に渡すれんげを持って、母の白い手もとをみつめています。

目をとじると、黄色の菜の花畑がつづいています。その横の細い道を、若い母と小さい私は、手をつないで歩いていきます。母は、白に緑の線模様のパラソルをさしています。母が笑い、私も声をあげて笑っています。いったい何を、あんなに笑っていたのでしょうか。

記憶の深いところで抱きつづけている幼い時間のこの「原風景」が生まれ育った旧満州ではなくて、宮崎の風景であることは、私にとって不思議なことの一つでした。

確かに一人っ子の私は子どものころ、二、三年おきに母に連れられて海を渡り、宮崎に帰りました。両親が日南出身なので、小さい私は、宮崎は「行く」ところではなく、「帰る」ところだと思いこんでいました。

先祖の墓参り、親戚へのあいさつ、鵜戸《うど》神宮参拝、酒谷《さかたに》川の水遊び、栗拾いなど――どれも光と影を持ちながら、いくつか重なって覚えていますが、この明るい「原風景」だけは、意味をすっかり落とした一枚の絵としてしか思いだせませんでした。

時を経て、私の娘が母親になり、小さい子どもを連れて、里帰りをするようになりました。久々に、育児や家事を私にまかせ、たっぷり眠り、ゆっくり食事をし、買い物に行ったりして、

「元気がでました。ありがとう」

と、小さい子どもの手を引いて帰っていきます。

――よかった、よかった。

そのうしろ姿を、目をしばたたかせて見送りながら、母に早く死なれた私は、こうした充足は知らないままに過ごしたことを思いました。

「里帰り」

と、声にだしてつぶやいてみて、その甘やかな響きに感じいったとき、ふいに、

――ああ、あの時がそうだった。

と、初めて気がつきました。

あの時――幼い私を連れ、海を渡り、母は里帰りをしていたのでした。その時代、それは、一つの非日常のハレの時でもあったはずです。

若い母のその高揚、充足、幸福が、幼児の魂に明るい喜びとして伝わり、それゆえにこそ私の宮崎の「原風景」は、一枚の美しい絵になってしまったのではないでしょうか。

思いだすままに

十八歳の夏、母の胃癌が再発した。

すぐに手術をしたが、すでに病巣はひろがっていて、胃を全剔《ぜんてき》するか、そのままにするかという選択になり、父は、そのままにすることを選んだ。そのほうが、母の苦痛が少ないと判断したのだ。

父は、信頼している医者のS先生にお願いして、癌は全部とれたと母に告げてもらった。さらに前回の手術のときと同じように、とれた病巣を母にみせて説明していただいた（これは他人の癌だった）。

「三年の間に、悪いものがこんなに増えていたのですね。ありがとうございました」

と、ベッドでうれしそうにいっている母と、

「よかったなあ。もうこれで大丈夫」

と母にきこえるようにいっている父を、私はみることができなかった。

秋になって、なす術もなく退院し、S先生が診察にこられるようになった。母は「痛い」とか「苦しい」とかいったことがなく、横にいつもついている一人っ子の私に、

「たまには映画でもみてらっしゃい。おかげで私は元気ですよ」

などと笑いながらいった。その表情の明るさに、私は回復の兆《きざ》しさえ感じていた。

けれど、初雪の降った晩、母は意識不明になり、夜明け前に息をひきとった。

葬儀やさまざまな行事も一段落し、心も少し落ち着いて、母のものを整理しようとしたとき、もう春がきていた。そのとき、私は片づけるものなど何一つないことに気がついて、茫然となった。

「お母さん。あなたは知っていたのですね」

母は、病巣はとれたと騙《だま》した父や、娘の心にそって、騙《だま》されたふりをずっとしてくれていたのだ。そう思えば、あの時も、またあの時も……と、その白い顔を静かに過ぎたかすかな風のようなものが、せつなく苦しく胸によみがえってきた。

母、波子、享年四十三歳。その日から、すでに五十余年の歳月が流れている。

花びら笑い

　そのとき、幼い私は桜の木の下で泣きじゃくっていました。何が原因だったのでしょうか。

　そばにいた若い母が腰をかがめて私の耳もとにそっといいました。

「ほら、桜が笑っているわよ」

　私はびっくりして顔をあげました。満開の桜の花びらが舞い散っていました。私はいっそう泣き声をはりあげました。

「桜がきみこのことを笑ってるの？」

「ちがう、ちがう」

　母はハンカチで私の涙をふきながらいいました。

「桜はね、春がうれしいの。うれしいときって、誰だって笑いたくなる

でしょう。だから、春よ春よって笑っているの」

「ふうん」

私は目をぱしぱししながら桜をみあげました。

「しーっ。耳を澄ましてごらん。花びらの笑い声がきこえるから」

私は泣きじゃくりを懸命にこらえました。しばらく耳を澄まして、はっとしました。

「きこえた。きこえたよ」

私の言葉に、母は笑顔でいいました。

「ほらね。桜の花びら笑いよ。きみこちゃんも花びら笑い」

幼い私はうれしくなって笑いだしました……。


この場面が前後の脈絡なく母の笑顔とともに浮かんだのは、母が永眠して初めて迎えた十九歳の春でした。桜の花びらの舞い散るのをぼんやりみていたとき、母の声がふいにきこえました。「ほらね。桜の花びら

笑いよ。きみこちゃんも花びら笑い。……もっと顔をあげて。笑って、笑って」と。

それから何十年も過ぎ、私は今でも桜の花びら笑いに支えられながら春を迎えています。

幼い子どものときに出会った情景、風景、言葉は、心の芯に深くしまわれ、時を経てひらりとよみがえってくる――、そしてその人を励ましたり癒したりする――、生きているということは、なんと不思議で有難いことでしょう。

3

この道より　歩く道なし

一冊の絵本から

小学二年生のとき、私はバレエ教室に通っていました。そこは大きな幼稚園で、その広い部屋の壁に沿って本棚が置かれ、たくさんの絵本や本が並べられていました。

小さい私は白い短い服に着替えるといそいでその本棚のほうに「ひみつの宝物」を探しにいきました。その「ひみつの宝物」とは、一冊の月刊絵本キンダーブックでした。

バレエ教室の子どもたちは一年から六年まで三、四十人もいたと思います。その中で、もう二年生なのに幼稚園生の月刊絵本をくり返しみることを私は少しばかり気にしていました。それでもやめられなかった。その絵本をみることは、それほど好きでもないバレエの稽古に行く楽し

みのひとつでもありましたから。

　四年生になって父の転勤でその地を離れましたが、いったいどれくらいの期間、その絵本を宝物にしていたのか、三か月か半年一年くらいかそれは全く記憶にありません。はっきり覚えているのは、その薄い絵本を本棚からとりだすときの喜びと、読み終えたあと、前と同じ場所に戻すときのあの惜しむような気持ちです。

　それほど好きな絵本でしたが大人になった私の頭には文章もタイトルも残っていず、あらすじとともによみがえってくるのはその絵ばかり。特に男の子を乗せた箱車が浮きあがる場面、月夜の村の上や広い星空を飛ぶ場面、雨の子どもたちといっしょに降りてくる場面などは、何十年過ぎてもみえる思いがしました。

　数年前、編集者のＡさんが家にこられたときその絵本の内容を話したところ、思いがけなくその絵本を二十枚の写真にして送ってくださいました。

それが「ソラノオハナシ」七月号です。三十六年ぶりに「ひみつの宝物」をながめ、文章を読んでいるうち、私はこの古い絵本が子どものときの夢の世界にかなり混じっていることに気がつきました。また、男の子を乗せた箱車が「ヤマモ　モリモ　イヘモ　ヒッソリトシテ、チャウド　ウミノ　ソコノ　ヤウニ　シヅカナ　ムラヲ　シヅカニ　ススンデユキマシタ」という文章には、竹篦《しっぺい》で打たれたほど驚きました。幼いころから月夜に歩くと海の底を歩いていると感じられてならなかった原因は、ここにあると知ったからです。

　文章としてはまったく忘れている言葉が透明な種子になって子どもの体の中で育ち、それが体験感覚になっているということに思いいたったとき、童話を書く仕事をしている至福と怯《おそ》れの思いで、その場に蹲《うずくま》るときを過ごしました。

キンダーブック『ソラノオハナシ』吉澤廉三郎／画・西崎大三郎／文（一九三九年・フレーベル館）

43　空の絵本

幼ものがたり

祖母は百二歳で永眠しました。

祖母は九十五歳を過ぎたころから、人生を逆に歩きはじめたようにみえました。八十歳、七十歳、六十歳ともどっていき、そのあたりからなぜかいっぺんに子ども時代にもどり、あとは子どもの世界をさまよい遊んでいることが多かったように思います。

祖母が生まれ育ったのは、宮崎県の小さな城下町でした。私にとって父方のこの祖母と母方の祖母が同じ年の幼友達だったので、くり返される子どものころの話には、必ず母方の祖母の名前がでてきました。

そのため私は、数年の間、セピア色になった明治時代の町の中や、野原や、川辺を、祖母たちの幼いうしろ姿を追いかけ、そっと探しまわっ

ているようなうれしく楽しい思いがしてなりませんでした。

人は、子どものころのことを、どれぐらい記憶しているのでしょうか。祖母の場合、記憶していたというより、子どものころがよみがえり、その世界でのびやかに遊んでいたようにみえました。

渡辺茂男さんは、あるカルチャーの講座で、三十人ばかりの受講者といっしょに石井桃子著『幼ものがたり』を読んでから、それぞれの心によみがえった幼時の記憶について書いてもらわれたそうです。「提出された幼ものがたりはどれも素朴に生き生きと幼い目に写ったできごとを描いて、私の心をなごませ、感動させてくれた。同じ人たちに試みに書かせてみた童話のすべてが類型的ででき損いだったことにくらべて、ものを書くといった作業の原点がどこにあるか考えさせられた」と、その著『すばらしいとき――絵本との出会い』の中で述べられています。

私は、まだ若いころ、いろいろなできごとやいろいろな思い――喜びも哀しみもはずかしさもうしろにふり捨てながら、前へ前へ進んでい

るように思っていました。けれど四十歳を過ぎて、自分が何一つ捨ててはいなかったことに気がつきました。私は自分の過去のすべてを、喜びも哀しみもはずかしさも抱えこみながら生きていたのです。そう思ってみまわすと、意識するかしないかはそれぞれでしょうが、人は誰でも、その赤ちゃん時代、幼年期、少年少女期、青年期、壮年期……と、ちょうど木の年輪のように体内に抱えながら生きていることに気がつきました。

　そしてその内奥を深くたどっていくと、私たちの思念は、意外なほど年輪の中の部分——幼年期の感覚に指示されているように思われてきました。

　祖母は、老木が自然にたおれるように静かに永眠しました。晩年の祖母がくり返し語りつづけたセピア色の城下町は、私の心の中に今もひろがり、そこではいつも、幼い祖母が二人、花を摘んだり、お手玉をした

り、おはじきをしたりして、楽しそうに遊んでいます。

『幼ものがたり』石井桃子／著・吉井爽子／画（一九八一年・福音館書店）
『すばらしいとき――絵本との出会い』渡辺茂男／著（一九八四年・大和書房）

夢、あれこれ

今朝は、自分の笑い声に起こされました。
――あ、夢。
と思ったのに、頭のどこかには、その夢のつづきがまだ残っていて、少しの間、かすかな笑いに身を置いていました。

久々に空を飛んだ夢でした。木の枝の重なりの間を懸命にすりぬけて、広い空にすうっと飛びだした――その気持ちのよかったこと。飛べた、という開放感で、私はくっくっくっと笑っていたのです。

さめてから、前の日、テレビでみたロケットの打ちあげが影響しているのかしらとか、枝の間をくぐりぬけるとき、首をあちこち曲げたことだけは、はっきり覚えているのに、両手で枝をかきわけた感覚はひとつ

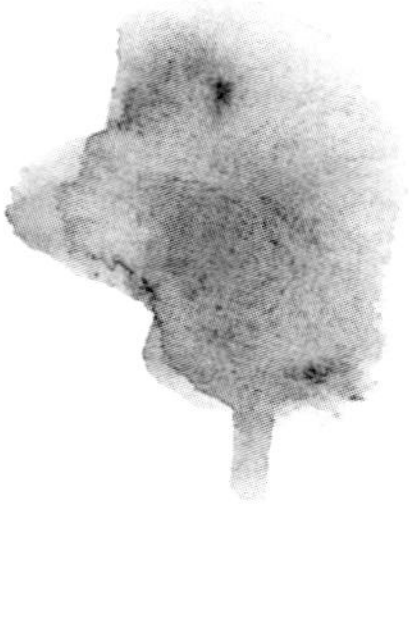

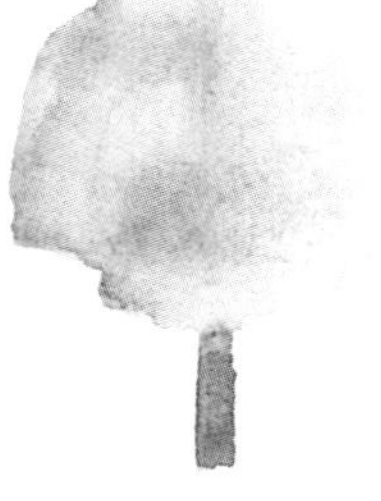

もないから、まさに人間ロケット、手を両脇にぴたっとつけていたのかしらなどと、面白がったりしました。

私は、幼いときから夢が好きでした。

空を飛ぶ夢、泳ぐ夢、逃げる夢、山をのぼる夢、落ちる夢、食べる夢など、子どものときにみた夢のいくつかをいまだに覚えているのは、その夢が、うれしくて楽しくて、または怖くて、くり返し思いだす喜びがあったからでしょう。

不思議なことに、夢はその情景や組みたてがどんなに荒唐《こうとう》無《む》稽《けい》でも、内的体験としてひきおこされる感覚ばかりは、私そのものになっているのです。そこで、夢の荒唐無稽をまるごと受け入れることができれば、夢の中で笑ったことも、泣いたことも、私にとっては決して途方もないことではありません。はんぶん醒めながら、ほんの少しの間、「笑い」や「涙」に身をゆだねることができるのは、そのためでしょう。

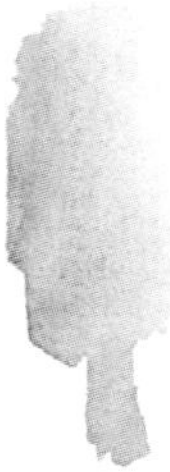

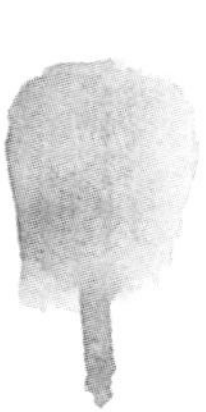

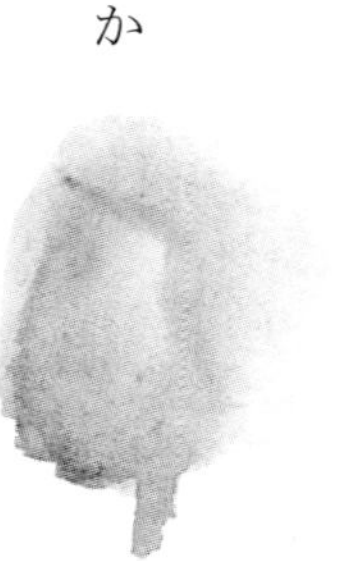

小学四年生のとき担任の先生がおなかの中で暴れて、とても苦しい夢をみたことがあります。そのときは、熱が高く、黄疸《おうだん》症状を起こし、実際に声をあげて喘《あえ》いでいたようです。

目が覚めてから、小さい私は困り果てました。

――先生をのむなんて……。こんな夢をみて、先生ごめんなさい。

病気がなおって学校に行くときも落ち着かずに心配で、いつもと変わらない先生のあたたかい笑顔を正視できなかったことを覚えています。

母親になってからですが、自分が子どもにもどっている夢をみると、その夢の中に必ず幼い娘や息子がでてきました。たとえば子どもの私が小学校の教室や運動場にいたり、友達とどこかで遊んでいたりすると、そこに小さいM子とTがでてくるのです。それもきまって、危ない場所に走っていこうとしたり、転びそうになったり、はだかんぼだったり、ひどく騒いでいたり……と、こちらがはらはらどきどきする状態で現れました。

夢の中の私は子どもなのに、ちゃんとその二人が自分の子どもだとわかっていて、夢中でかけよったり、さえぎったり、抱きかかえたりしました。またときには制止しようとした自分の声や悲鳴に目を覚まし、そんなとき、心臓がどきどき鳴っているのがよくわかりました。

そこで「母親」というものは、自分だけが「子ども」の世界にもどる楽しい夢をみることはできないらしいと思い、そのことが面白《おか》笑《お》しく、また重たくも感じました。けれど下の子が高校生になったある夏、私は運動会の雑踏の中で母を探して歩きまわっている夢をみました。夢の中の私は小さい子どもで、母がみつからず泣きじゃくっていました。自分の涙の感触で目が覚めてしばらくして、

——あ、M子もTもでてこなかった。

と気づいておどろきました。

この夢を境にして、子どもにもどっている夢をみても、その世界に小さいM子とTは、ぴたりとでてこなくなりました。夢の中で子どもになり、母を探して泣いた朝、私は、娘と息子の自立を知りました。

うつむきながら

一昨年の春、雑誌『よむ』から「ライフステージごとの一冊」というアンケート用紙が送られてきました。その青年期の欄に、私は『ジャン・クリストフ』ロマン・ロランと書きこみました。高校生のとき、出会ったロランの世界の深い喜びが、あれこれ迷った末に浮かんできたからです。

ところが『路上』のSさんの依頼文「忘れられない一冊」という文章をくり返し読んでいるうち、『よむ』のときのあれこれ迷いの中にさえ入っていなかった一冊のノートが、なぜか押しだされるようにみえてきました。

一九四七年の早春、十五歳の私は大連から大阪に引き揚げました。その折、船上でも四十度をこす高熱がつづいていたので、大阪駅から阪大病院に直行しました。大連病院で中耳炎の手術をして五日めに引き揚げたため、その傷が悪化し脳障害を起こす寸前で、大きな手術を受けたのです。それから四か月の間、私は半分が地下室になっている暗い古びた病室で入院生活を送りました。その大部屋のほとんどの患者が無料入院だったと思います。

その病院暮らしの中で、私は立原道造の詩集に出会いました。持ち主は、Kさんというまだ二十歳前の看護士さんでした。Kさんからその詩集を借り、私は固いベッドの上や看護士詰所の片隅などでノートに写させてもらいました。敗戦の日からすでに二年近く過ぎ、軍国主義教育から百八十度転回した教育を受け、さまざまな混乱や生死の境に身を置き、それでいて「荒涼」とか「荒廃」というには幼すぎた魂に、道造の詩はすきとおった川のように流れこんできました。ふりかえると、私のベッ

ドのまわりには道造の言葉が金の光の粒子になってゆれていたような気さえします。

　やがて女学校に転校し、学生生活を送る中でロマン・ロランに出会い、太宰治に出会い、坂口安吾に出会い、カフカやサルトルに出会い、宮本百合子に出会い、キルケゴールに出会い、また賢治の世界にもどったりしているうち、道造の詩はすっかり忘れてしまいました。

　けれどそれから数年過ぎた主婦生活の中で私はふいに思いだしたのです。思いだしたというより、道造の詩が、唇の上によみがえった戸惑いがありました。

　美しいものになら　ほほえむがよい
　涙よ　いつまでも　かわかずにあれ
　陽は　大きな景色のあちらに沈みゆき
　あのものがなしい　月が燃え立った
　………

私の娘が大人になってから、何かの話のつづきの中で、こんなことをいいだしました。

「私、子どものころ、立原道造って嫌いだった。もちろん、その名前は知らなかったけどね」

「えっ、どうして?」

「だってあなたが〝美しいものにならほほえむがよい〟なんて、あの人の詩をつぶやきだすと、魂がどこかに飛んでいってお母さんの顔じゃなくなったからよ」

いきなり竹篦《しっぺい》で打たれたように痛くて、私はいいわけじみた言葉を並べました。

「でも、他の人の詩だってつぶやいていたでしょう? ブレイクとか賢治とか中也とか……」

「ええ、でも他の人の詩のときは、ちゃんとお母さんの顔をしてた気がするわ。……不思議ねえ。道造の詩のときだけ、広い野原にポツンと立っ

て遠いところをみているみたいだった。小さい私、お母さんってよべなかったのよ」
すまなさと恥ずかしさがこみあげてきて、私は赤くなり、言葉を失ってしまいました。

Sさんの依頼文を読んでいるうち「押しだされるように」みえてきたこの一冊――立原道造詩集のタイトルは今、思いだせません。本の形も色さえも思いだせません。私の中に在るのは、数篇の詩、そのものだけです。
阪大病院で書き写したノートは、一九五〇年、近畿を襲ったジェーン台風のときの洪水で海水に浸り、階下に置いていたすべての本やノートといっしょに捨てました。

『ジャン・クリストフ』ロマン・ロラン／著（一九三六年・日本少國民文庫・新潮社）

空の絵本

私は子どものころ、体が弱くて病気ばかりしていました。

その時代、もちろんテレビはありません。ラジオに子ども番組がほんの少しあったくらいでしょうか。そこで蒲団の中の病気の子は、お話をしてもらい、本を読んでもらい、レコードをかけてもらいました。少しずつ快方にむかうと、自分で本を読み、レコードも自分でかけてきき、絵を描き、人形遊びをしたり折紙をしたりあやとりやお手玉をしたりもしました。

ただ体が弱ってうつらうつらとし起きあがる力もないときは、蒲団の中から窓の形に区切られた空をただぼんやりとみていました。

晴れた日の青い空、曇りの日や雨の日の灰色や白い空、朝焼けの桃色

の空、夕焼けの朱色の空、そして夕暮時の薄紫の空。

真白な雲が現れては消えていきます。どれも窓枠の片方からみえだし反対側に隠れてしまいます。その動きの早さは実にさまざまでした。

星や月、闇もみました。幼い私は母にわがままを言って、蒲団ごと窓の側の位置に替えてもらい、部屋の明かりを消しカーテンを開けてもらいました。そのようにしていたある夜、流れ星をみたことがあります。

「星の子さんがお見舞いにくるよ」

その喜びは、今もほっこりとよみがえってきます。


童話を書くようになってあるとき、私はふいに気がつきました。幼いときみていた窓の形に区切られたあの空は、私の大きな絵本だったということを。病弱な一人っ子はあたたかい蒲団の中で空の絵本をみながら時を過ごしてきたのだということを。そう気づいてふりかえれば、初めて上梓していただいた本のタイトルは『車のいろは空のいろ』でした。

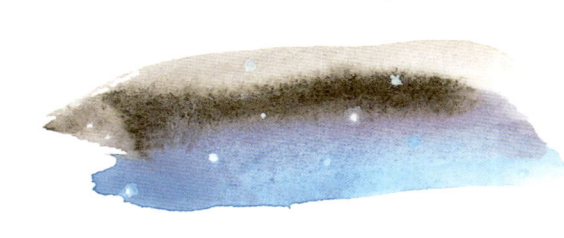

童話作品に空の話、雲の話が多く、絵本でも『ひつじぐものむこうに』『ぼくのでんしゃ』『くもうまさん』『たろうのかみひこうき』『ちいちゃんのかげおくり』……などと空の世界が数えられます。

私はあらためて「空の絵本」の不思議な力を感じました。ぼんやりみていた空の絵本は、幼年の心にしみとおり、大人になるまで無意識の世界に深く沈んでいたのではないでしょうか。童話を書きつづけている者として、そのことに気づいたとき、私は書くことの怖れと喜びに打たれしばらく動けませんでした。

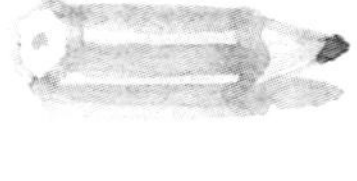

初出

『車のいろは空のいろ』北田卓史／絵（一九六八年・ポプラ社）
『ひつじぐものむこうに』長谷川知子／絵（一九七八年・文研出版）
『ぼくのでんしゃ』宮崎耕平／絵（一九七九年・ポプラ社）
『くもうまさん』岡本好文／絵（一九八六年・フレーベル館）
『たろうのかみひこうき』鈴木まもる／絵（一九八四年・講談社）
『ちいちゃんのかげおくり』上野紀子／絵（一九八二年・あかね書房）

花を摘む　二〇〇六年「飛ぶ教室」（光村図書出版）
天気予報　一九九七年「京都新聞」（京都新聞社）
自転車をおりる　一九九九年「楽しいわが家」（全国信用金庫組合）
秋がくると　一九八二年「母のひろば」（童心社）
あじみの手伝い　一九九〇年「宮崎日日新聞」（宮崎日日新聞社）
原風景　一九九〇年「宮崎日日新聞」（宮崎日日新聞社）
思いだすままに　二〇〇六年「ＰＨＰ」（ＰＨＰ研究所）
花びら笑い　二〇〇二年「母のひろば」（童心社）
一冊の絵本から　一九九四年「毎日新聞」（毎日新聞社）
幼ものがたり　一九九七年「京都新聞」（京都新聞社）
夢、あれこれ　一九九四年「夢と占い」（童心社）
うつむきながら　一九九四年「路上」（路上発行所）
空の絵本　一九九九年「絵本通信」（大島町絵本文化振興財団）

本書では各作品に加筆訂正をしております。

あとがき

あまんきみこ

初めての随筆集がいよいよ生まれると思うと、いいようのない感慨がこみあげてきます。

「今までに書いた文章を幾つか集めて、本を造りましょう」

というお申し出に喜んでから、はや三、四年は過ぎました。（どれにしよう。これがいいかしら。それともあれがいいかしら）と選び、（順番はどうすればいいの）と迷い迷いし、そのうち時ばかり過ぎたので、（私がこんなにぐずぐずしているから、この話は流れてしまったのね）と思いこんでしまいました。そんな或る日、編集の永牟田さんから催促のお電話をいただいたので、

「え。あれは、もうなくなった話でしょう?」

と怪訝《けげん》な声で言うと、「えーっ」と虎みたいな声をあげられました。お申し出はずっと続いていたのです。あの声に喝を入れられなければ、この本はまだ生まれていない事でしょう。


ふり返れば童話の本を初めてだしていただいて、もう四十年も過ぎてしまいました。童話に恋をしてからは、もっとも

っと過ぎています。人生の細い道のなかばで、私は時々「歩かなければ道はできない」と小さい声で呟くことがありました。この言葉は誰にもらったのでしょうか。それとも自分の言葉でしょうか。それはわからないけれど、何かあるとすぐに立ちどまり、すぐに蹲《うずくま》り、すぐに固まってしまう自分に、こう声をかけずにいられなかったのです。そして立ち上がり、少しずつ歩く日常で、私は有難くあたたかい出会いを沢山もらいました。その方達や家族の笑顔―笑顔の記憶が、私の芯をいつも支えてくれた―どうもそんな気がします。

今、こうして一冊に纏《まと》めていただけたことに心から感謝します。編集の永牟田律子さん、長い間ありがとうございました。横山雅代さん、丸尾靖子さん、ありがとうございました。そして私の過去の心象風景まで映しだしたようなもの懐かしい絵を美しく描いてくださった松成真理子さん、ありがとうございます。終りにこの小さな一冊を手にとって読んでくださる方々に、お礼をいいたい思いでいっぱいです。

二〇〇八年二月

あまんきみこ（阿萬紀美子）
一九三一年旧満州に生まれる。日本女子大学児童学科（通信）卒業。与田準一に出会い児童文学の道にはいる。坪田譲治主宰の「びわの実学校」に「くましんし」を投稿したのが掲載される。『車のいろは空のいろ』で、日本児童文学者協会新人賞、野間児童文芸推奨作品賞を受賞。『きつねみちは天のみち』『かえりみち』他、作品多数。

松成真理子（まつなりまりこ）
一九五九年大分県に生まれる。京都芸術短期大学卒業後、広告、雑誌等で活躍。絵本『まいごのどんぐり』で、児童文芸新人賞、紙しばい『うぐいすのホー』で五山賞奨励賞画家賞を受賞。絵本に『くまとクマ』、『じいじのさくら山』挿し絵に『かっぱの虫かご』『森のこずえちゃん』等がある。

空の絵本

二〇〇八年三月二〇日　第一刷発行
二〇二二年三月　九　日　第七刷発行

著者　あまんきみこ
装画　松成真理子
装丁　丸尾靖子
発行　株式会社　童心社
〒一一二-〇〇一一
東京都文京区千石四-六-六
電話〇三（五九七六）四一八一
印刷　小宮山印刷株式会社
製本　株式会社難波製本

NDC914　18.8×14.5cm　64P
ISBN978-4-494-02137-6 C0095 Published by DOSHINSHA
http://www.doshinsha.co.jp/　Printed in Japan